AF230382

IMPRIMERIE DE DUCESSOIS,

55, Quai des Augustins.

NOTICE

sur

le Général

LAFAYETTE

PAR

REGNAULT-WARIN.

1 franc.

PARIS,

LOUIS JANET, LIBRAIRE,

Rue Saint-Honoré, 202.

NOTICE

SUR

LE GÉNÉRAL LAFAYETTE.

1757. — 1832.

> L'Europe avait perdu ses titres ; c'est
> en Amérique qu'elle les a retrouvés.

Trois événemens se partagent la vie de Lafayette.

Ces trois événemens sont trois révolutions :

Celle d'Amérique, en 1777-1783,

Celle de France, en 1789 ;

La seconde révolution française, en 1830.

A chacune d'elles, il a attaché son nom par des sentimens, des opinions et des actes.

Quelques-uns, beaucoup de ces actes ont été usés par le temps ; les opinions ont pu être modifiées ; les sentimens sont restés indestructibles.

De la réunion de ces trois ordres de faits, on a pu déduire une doctrine.

Cette doctrine, développement de la civilisation à

une époque de progrès, est éminemment sociale : c'est
l'application des droits naturels de l'homme à l'associa-
tion politique.

Ces droits sont la liberté de la personne et de la pen-
sée, l'égalité politique et civile, la sûreté, la propriété
(territoriale ou industrielle).

La loi, expression de la raison publique, manifestée par
la volonté générale; la loi fonde des institutions qui orga-
nisent l'usage de ces droits et en garantissent la jouissance.

D'où résultent, dans l'intérieur du corps social, sa
souveraineté, c'est-à-dire, l'action de la volonté univer-
selle sur la volonté privée; et, à l'extérieur, l'indépendance de ses relations avec les associations analogues.

Ces principes, que Montesquieu avait concentrés au
sommet de la société, Rousseau en fit descendre la théorie jusque dans ses derniers rangs. Mably, et après lui,
l'école moraliste, voulurent tempérer ce que ces doctrines
ont de positif et de tranchant dans leurs formules, par
l'énonciation des devoirs. Ils établirent qu'un devoir
marche parallèlement avec un droit.

De là sortit la loi dans sa pureté, appuyée sur l'ordre
qui seul peut assurer sa puissance et son efficacité.

L'Angleterre, dominée par l'aristocratie et le mono-
pole, méconnut cet évangile social; ses colonies d'Amérique armèrent pour son triomphe.

Les hommes ne manquèrent pas aux événemens : sur-
girent alors de la foule un Washington guerrier, un Fran-
klin philosophe. Le nom de Lafayette fut prononcé pour
la première fois : c'était en 1777. Bientôt, les échos des

Deux Mondes se le renvoyèrent : ils n'ont pas cessé de le répéter depuis cinquante ans.

D'où vient cette constance dans l'inconstante renommée ? Celui qui en est l'objet est-il le plus grand des hommes ?

Celui qui en est l'objet embrassa, dès vingt ans, cette ligne de principes sur lequel le monde politique tournera, comme sur son axe naturel, quand elle sera redressée. C'est pour rétablir sa rectitude que toute révolution est tentée. Celle d'Amérique, favorisée par les hommes et les choses, par les temps et les lieux, a réussi ; celles de France, contrariées par des intérêts divergens, par des préjugés souverains, réussiront. *Dieu et le temps*, c'était la devise de Napoléon ; ce doit être celle de tout réformateur ; c'est celle de Lafayette.

En écrivant ce premier volume d'un essai philosophique sur une époque de sa mission, nous jugeons convenable de le faire précéder d'un coup-d'œil sur cette mission entière. Il est curieux d'assister, même de haut et de loin, à la marche uniforme d'un principe incarné. Ce serait une belle étude sous la plume d'un habile écrivain.

Lafayette, issu d'une famille à laquelle son rang et sa fortune permettaient de donner à ses rejetons l'éducation la plus distinguée, en reçoit une non moins utile que brillante. C'est au collége du Plessis qu'il fait ses études classiques : elles furent consciencieuses ; car, dans une discussion soutenue à Cambridge long-temps après, il cite avec bonheur et traduit avec élégance Cicéron et quelques Latins. Plus d'une fois ; à la tribune française,

a.

il a montré que les classiques de plus d'une nation lui
étaient familiers.

A moins de dix-sept ans, il épouse la fille du duc
d'Ayen, fils du duc de Noailles, et petite-fille du grand
d'Aguesseau. Le voilà placé, par ses alliances, comme
par sa naissance, au premier rang des sommités. Que
peut y remarquer son œil prématurément observateur?
Quelque grandeur, quelques vertus apparentes; beaucoup d'abus nuisibles, plus encore de préjugés dange-
reux.

L'insurrection américaine qui occupait tous les esprits
européens, frappe celui de Lafayette. Nous verrons,
dans cet ouvrage, qu'il part et comment il part, afin de
la seconder. Nous raconterons ses exploits, et mieux
encore ses sentimens. C'est dans les affections de son
âme qu'il faut le chercher et que nous l'avons trouvé.
D'autres aussi, aux cris de l'indépendance, avaient
couru à Boston; d'autres aussi avaient arrosé de sang
français ce jeune arbre de la liberté coloniale : lui seul,
lui, Lafayette, en rapporta parmi nous un faible rejeton.
Ainsi fit de ce fier cèdre du Liban le naturaliste Jussieu :
vous voyez se déployer aujourd'hui sur le verdoyant do-
maine de Buffon les vastes bras de cet arbre souverain ;
eh bien, Jussieu l'avait transplanté, infirme et mourant,
dans son chapeau !... Vivante image de notre liberté :
petite encore, timide, attaquée, elle croîtra, elle gran-
dira parmi les orages ; et tandis que sa cîme, à peine ba-
lancée, affrontera la tempête, les générations heureuses
se multiplieront à ses pieds.

Quel nom, à cet aspect, prononcera la postérité? Le

premier incontestablement sera celui de *Lafayette*. Disons, en quelques lignes, ce qu'il fit pour le mériter.

Revenu, vers 1784, en France, il obtient les hommages de la cour et mérite les soupçons du ministère. Exceptons-en Malesherbes, avec lequel, de concert avec Louis XVI, il travaillait à faire rendre leurs droits civils aux protestans. Ce fut lui aussi qui, l'un des premiers avec Grégoire et Brissot, éleva la voix contre la traite des noirs. Nous expliquons dans ce volume, qu'afin de préparer l'émancipation de ces infortunés, Lafayette en avait racheté un certain nombre, et qu'il avait institué, dans une plantation qui appartenait à sa femme, une éducation progressive qui les rendît aptes à la liberté. Enfin, de concert avec le ministre Jefferson et l'armateur Paul Jones, il essaya de former une ligue entre quelques puissances européennes contre les excursions et les brigandages des pirates barbaresques. Sydney-Smith vient de répéter cette tentative aussi honorable qu'inutile : le bombardement d'Alger par Duquesne et lord Exmouth, n'a même été qu'un avertissement vain, dont l'expédition du maréchal Clauzel est devenue la conséquence nécessaire et efficace.

Préliminaires d'une révolution : elle s'élaborait dans les esprits, s'infiltrait dans les mœurs ; et, de cette sève ardente, que la philosophie du doute et de l'examen, avait déposée dans toutes les intelligences, l'occasion allait faire une tentative sociale, des actes réformateurs.

Notables de 1787. Lafayette y propose l'abolition des lettres de cachet, dont dix-sept avaient criblé Mirabeau avant sa trentième année. Il demande l'affranchissement civil des protestans et leur liberté religieuse. Il fit la *motion* (terme anglais, dont Lafayette enrichit notre langue politique) de convoquer les représentans du peuple. « Ce sont les états-généraux que vous demandez, » s'écria le comte d'Artois, président du bureau où siégeait Lafayette? — Mieux que cela, répondit celui-ci. — Qui ne remarquera que la persévérance en sens contraire a conduit ces deux personnages, le prince à la perte d'une couronne, le réformateur à la conquête de la liberté !

Etats-généraux de 1789, transformés bientôt en *Assemblée nationale*. Lafayette y propose sa célèbre Déclaration des Droits, imitée de celle des Américains. Peut-être fallait-il tempérer la *crudité* de cette théorie sublime par l'énonciation des Devoirs co-existans et corrélatifs : c'est ce que la constitution de l'an III a modifié avec expérience et bonheur.

En demandant, en faisant décréter la responsabilité des ministres, Lafayette donne au gouvernement représentatif, dont la création occupait l'Assemblée, la première des garanties. Toutefois, cette détermination fondamentale est demeurée jusqu'ici, c'est-à-dire depuis plus de quarante ans, sans organisation, et, par conséquent, sans effet légal. Lorsque, sur l'accusation portée contre les derniers ministres de Charles X, la cour des pairs a procédé à leur jugement, il a fallu, pour satisfaire à l'équité, qu'elle méconnût la justice : leur attentat n'étant que trop réel, mais leur responsabilité n'étant que nominale, il a fallu que l'arrêt fut illégal et le châtiment arbitraire.

Dès le 16 juillet, Lafayette demande, concurremment avec Mirabeau, l'éloignement des troupes, dont la présence enchaînait la liberté de l'Assemblée et menaçait ses délibérations.

Lafayette est nommé vice-président de l'Assemblée; le premier président, sur la démission de M. d'Ailly, fut le célèbre et infortuné Bailly.

Les citoyens de Paris, réunis et armés en *garde bourgeoise*, proclament un lieutenant-colonel dans la personne du maréchal-de-camp marquis de Lafayette. Celui-ci donne à cette armée civique une organisation régulière; il en reçoit le commandement, bientôt confirmé par le roi.

Prise de la Bastille; insurrection parisienne, à laquelle répond successivement celle de toute la France. Le peuple arbore les couleurs municipales bleue et rouge, auxquelles le commandant-général joint la couleur blanche de la royauté. De cette réunion naît la cocarde tricolore ou nationale : « Elle fera le tour du monde, » dit Lafayette. Les conquêtes de Napoléon et celles de la liberté ont réalisé cette prédiction de Lafayette, de Camille Desmoulins et de Mirabeau.

Développemens anarchiques de l'insurrection populaire. Le gouverneur de la Bastille, Berthier; Flesselles et Foulon sont massacrés. Après leur mort, Lafayette, affligé, indigné, veut donner sa démission.

Il dissipe des rassemblemens formés pour l'enlèvement d'un bateau de poudre; ceux qui se réunissent à la porte des boulangers. Il en sauve plusieurs de la fureur populaire; mais n'ayant pas réussi à y soustraire le boulanger *François*, immolé dans les bras de sa femme enceinte, il demande de nouveau sa retraite. Le désir de préserver un peuple inexpérimenté de ses propres fureurs, le force à reprendre, dans le commandement, un poste aussi nécessaire que périlleux.

Irruption des Parisiens à Versailles. Le peuple qui, sans motif bien expliqué, mais par une sorte d'instinct, haïssait la reine, marche avec des intentions hostiles ; la garde nationale, avec une détermination d'ordre et de paix ; Lafayette, pressé par la nécessité, appuyé sur la prévoyance et guidé par la loi. Des excès déshonorent ces journées (5 et 6 octobre) ; des meurtres les ensanglantent. Lafayette en épargne plusieurs : celui de la famille royale aurait probablement taché d'un énorme attentat cette population mobile, irritée et prévenue. Deux personnages, trop fameux, furent accusés de l'avoir remuée, et de l'avoir poussée au crime par ses propres passions.

Tout a été soupçonné, rien n'a été démontré. Au lieu d'évidence, les tribunaux n'ont légué à l'histoire qu'une mystérieuse incertitude. Quel fait est sorti de cette complication de mouvemens? Un seul : le roi à Paris, mis à la tête de la révolution triomphante. Alors seulement a commencé pour la France, une nouvelle ère avec un régime nouveau. Au pouvoir concentré dans les mains d'un seul et étayé sur les priviléges, la force des événemens a substitué le règne des droits de tous garantis par la séparation et la pondération des pouvoirs. La raison a dû applaudir; l'humanité, froissée par ces grands déchiremens, a gémi.

Le Châtelet , l'Assemblée avaient absous Mirabeau et le duc d'Orléans ; l'opinion continuait à inculper ce der-dernier. Lafayette *l'invite impérieusement* à voyager. Le départ et la mission du prince pour Londres , enlèvent tout prétexte aux séditieux ; peut-être même son chef nominal à une faction.

Cependant une faction contraire révèle par quelques signes son existence soupçonnée. Le premier prince du sang, *Monsieur*, est presque accusé de conspirer, par l'assassinat de Lafayette, de Bailly , du duc d'Orléans, l'enlèvement du roi et , par une conséquence inévitable, la contre-révolution. L'agent de *Monsieur*, le marquis de Favras , se laisse inculper, accuser, condamner pour sauver ce prince hypocrite. (¹) La loyauté perd un su-balterne maladroit ; la dissimulation, la corruption peut-être garantissent le conspirateur rusé (²) qui devait , après dix-neuf ans d'une patiente ambition , venir im-poser ses humiliantes déceptions à la nation la plus glo-rieuse et la plus franche de l'univers.

(¹) M. de Lafayette, dont l'esprit d'à-propos, est fréquemment distingué par de vraies bonnes fortunes d'expression, a dit de lui tout récemment : « Avec le même *à-plomb d'hypocrisie* que je le vis venir à l'Hôtel-de-Ville désavouer Favras , je l'ai entendu annoncer que l'armée destinée à combattre la liberté en Espagne , n'était *qu'un cordon sanitaire.*

(²) L'auteur de ce volume a, le premier, brisé le masque sur la face royale de ce Tartuffe couronné , au sujet de l'échauffourée du malheureux Favras, (V. le premier volume des *Prisonniers du Temple* , et ce qu'en citent plusieurs publicistes, notamment l'abbé de Montgaillard , au deuxième vol. de son *Histoire de France*).

Député constituant, et chef de l'armée nationale, Lafayette parcourt, de 1789 à 1791 une double carrière.
A chaque pas, il laisse des traces d'innovations heureuses
ou d'améliorations nécessaires. On y sent dominer l'a-
mour de la liberté, mais plus encore celui de l'ordre.
Est-ce là le caractère d'un révolutionnaire ? Je ne le
crois pas. Celui de Lafayette est éminemment remar-
quable par une lente démolition d'abus. Telle est la probité politique : elle ménage en attaquant. Une vaste,
une indispensable révolution s'accomplit-elle ainsi ?
L'histoire a déjà dit que la hache n'avait été saisie par
les bourreaux, que par ce que les hommes d'état n'avaient
pas su s'en servir. Toute la théorie des révolutions est
dans ce mot, OSEZ !

La Constituante, quoiqu'en asseyant sur de larges
bases le nouvel édifice social, n'osa pas assez, n'osa pas
tout, quoiqu'elle osât beaucoup : elle laissa des por-
tions d'ancien régime debout devant le nouveau. Autant
en font, malgré l'exemple, les bâtisseurs de la révolution d'aujourd'hui. Aujourd'hui, Lafayette, amendé,
a changé de rôle, quoiqu'il n'ait pas changé de position :
de temporiseur, il est devenu pressé ; de conservateur,
il s'est fait assaillant. La jeunesse voit en lui son porte-
étendard.

Cette jeunesse, sagement impatiente, sait bien ce que
Lafayette n'a pas fait, lorsqu'il pouvait faire davantage.
Il faut lui dire aussi ce qu'il fit, et ce qui, dans les es-
sais d'alors, a préparé les possibilités d'aujourd'hui.

Le procès de Favras, lancé comme un ferment dans
une population agitée, la gonflait, la soulevait, l'ameu-

tait; réaction de ces troubles en province. On y était indigné de la lâche hypocrisie du conspirateur réel ; irrité, quoique attendri, de l'héroïque imbécilité du conspirateur apparent. Il fallait un holocauste aux exigeances de la révolution mugissante. Favras fut sacrifié. Sur les demandes de Lafayette, des mesures furent prises pour calmer le royaume tout ému du danger qu'il n'avait pas couru.

Et pourtant, des conjurations *en herbe* levaient de toutes parts. C'était Maillebois qui essayait de tramer sans moyens un complot sans objet ; c'était le marquis de Foucault qui attribuait aux curieux dont les groupes entouraient l'assemblée, lors de l'organisation du clergé catholique, l'intention de la dominer. Lafayette déconcerte ces vaines terreurs.

Proclamé généralissime des gardes nationales du royaume, pour la fédération du 14 juillet, il fait décréter que dorénavant ce pouvoir ne pourra être remis en une seule main. Quelque temps après, il refuse tout traitement, qu'il qualifie d'indemnité. Générosité imprévoyante qui, de ses mains libérales, a fait tomber l'épée du commandement aux mains mercenaires des spéculateurs. Si vous ne voulez pas que le pouvoir corrompe, soustrayez les fonctionnaires à ses séductions, en indemnisant leur temps et leurs travaux. Washington, au milieu d'un peuple neuf, pouvait conserver toute pudeur politique et le désintéressement d'un héros ; nous avons trop de vices pour tant de vertus. Payons les fonctionnaires, pour qu'ils ne se vendent pas. Cela est fort vil à imprimer, parce qu'à le constater cela l'est encore davantage ; mais il y a de l'argent au fond de tout. On demandera alors si ces cœurs à vendre sont dignes d'être libres ? Lafayette le croit encore ; Napoléon ne le crut jamais ; et j'avoue, qu'après avoir pensé quelque temps comme Lafayette, je suis maintenant de l'avis de Napoléon.

Dans la célèbre nuit du 4 août, Lafayette avait concouru à la suppression des priviléges. Il y a long-temps qu'on a remarqué que les haines d'ordre à ordre, les rivalités de classes, les différends de famille, les inimitiés privées, s'étaient enveloppés des couleurs patriotiques pour ce grand sacrifice. L'*épée* s'était escrimée contre la *mître* ; la *bannière* des congrégations contre la *canne* de sénéchal ; la *plume* des greffiers et des gens de lettres contre la *simarre* et les *mortiers* du parlement. Sur ces décombres féodaux, vivaient encore, quoique agonisans, les noms à particules, les sobriquets érigés en titres, les titres devenus vains par l'absence des fonctions. *Le marquis* de Lafayette réclame de la loi une suppression voulue par l'opinion ; et quoiqu'il devienne ainsi *le citoyen Gilbert*, l'opinion contrariante dit toujours Lafayette, *le marquis*. C'est ainsi qu'on l'annonce à la cour et qu'on en parle au faubourg Saint-Germain. Quant au citoyen *Bouchard*, au citoyen *Brûlart*, au citoyen *Vignerod*, au citoyen *Riquetti*, l'opiniâtre habitude, mettant son *veto* sur la rature légale, continue de les nommer Montmorency, Sillery, Richelieu, Mirabeau.

Lafayette continue son cours législatif.

Il demande le jury anglais dans toute sa pureté : l'*unanimité* des voix pour la condamnation. Récemment, il a sollicité du moins le jury américain : *dix* voix sur *douze ;* les légistes en ont accordé *huit.*

Il réclame l'amélioration du régime colonial, l'émancipation progressive des noirs, préparée par une éducation appropriée. Depuis, Wilberforce a présenté le bill de leur liberté au parlement d'Angleterre ; depuis, Napoléon l'a prononcée, cette liberté. Lafayette fut bien philantrope, Wilberforce bien éloquent, Napoléon bien puissant ; eh bien, la traite est encore vivace, même en Amérique : on achète, on vend toujours ces têtes lamugineuses, et le sucre dont j'ai édulcoré mon café ce matin, était teint de leur sang.

L'affaire de Nancy a jetté du louche sur la conduite de Lafayette. On lui a reproché d'avoir défendu *son cousin* Bouillé, vainqueur, ou pour parler plus cruement, meurtrier des soldats révoltés. Bouillé avait raison : de ce qu'il ferait dépendait la discipline de l'armée, depuis long-temps compromise. Sa sévérité la rétablit : Lafayette dut applaudir, non à sa sévérité, mais à la prévoyance de son cousin.

Mais qu'il fut loin de le défendre et de lui applaudir, lors de la fuite du roi ! Le décret d'accusation, porté contre ce général, ne pouvait être voté par son parent ; mais il se prononça contre un événement qui pouvait allumer la guerre civile en France, et qui devait y appeler la guerre étrangère.

Chargé de surveiller la famille royale, dès long-temps conspiratrice, et maintenant déçue dans sa conspiration, Lafayette dissimule l'exactitude par la politesse, et réunit l'inflexibilité aux égards.

Toutefois un grand changement se préparait. La crainte de l'anarchie fait repousser la république ; les terreurs diplomatiques enrouillaient le glaive suspendu sur le front du roi. Il méritait d'être puni, car il s'était fait absolu par la trahison, et quoique homme de bien, les préjugés, les préventions, les regrets, l'avaient changé en mauvais roi. Il méritait d'être puni : on le récompensa. Au lieu de perdre sa couronne, on la lui rendit. Il jura de la compromettre, de l'avilir, de la briser par la perfidie, de la dissoudre par la faiblesse ; il le jura, et garda son serment.

Ce fut un beau jour que celui où Lafayette, remettant son épée à ses concitoyens, proclama la fin de la révolution, et demanda l'amnistie des crimes qu'elle avait fait commettre. Pourquoi l'enthousiasme d'un dénoûment inespéré ne lui permit-il pas de prévoir que ce beau jour aurait un lendemain ?

Il commence en effet à l'instant même, ce lendemain. Honoré de toutes les récompenses civiques, et aussi de toutes les calomnies, il prend le commandement d'une armée nombreuse, florissante, mais agitée, mais *travaillée*, mais anarchique, Il y porte un beau nom, mais peu d'autorité. Ses amis y sont tièdes, ses envieux remuans et adroits. De son état-major, les reptiles sifflent contre lui jusqu'au ministère. On l'accuse de pactiser avec Rochambeau, avec Luckner, pour brider l'intérieur ; avec Bouillé, avec Coblentz, pour jeter sur le Rhin un pont qui eût facilité à l'émigration son irruption vindicative. Pendant que l'Assemblée soupçonneuse s'inquiétait et le qualifiait de *Cromwell*, Coblentz , sans lui dénier ce surnom , le vouait aux dieux infernaux. Impassible toutefois , Lafayette s'avançait, à travers ces deux phalanges ennemies, et croyait accomplir la plus difficile comme la plus auguste mission , en favorisant, en appuyant de forces légales , le triomphe de la loi. C'est au sein de cette crise qu'il est accusé : accusé par le royalisme et l'anarchie *d'être constitutionnel !* Le roi, dont son épée seule défendait alors le trône prêt à crouler ; le roi , dans son aveuglement funeste , répudie ses services ; à la garde nationale elle-même, qui est son ouvrage , il est devenu suspect. Un décret est invoqué contre lui par cette célèbre et glorieuse Gironde , qui comprenait la révolution autrement que lui ; qui la croyait suspendue et non terminée , et qui , dans le chef que la constitution avait donné , ne voyait qu'un traître prêt à la détruire. Je ne sais si Lafayette pensait autrement ; du moins agit-il d'une autre manière ; et je crois qu'il agit comme il pensait , ou comme lui prescrivaient sa conscience et ses sermens. Ses dénonciateurs eux-mêmes les respectèrent ; car , par un vote presque inexplicable , il sortit pur du scrutin accusateur.

C'était le 8 août : le 10 , la monarchie disparut. Elle fut engloutie pour ne jamais reparaître ; car la restauration n'en fut pas même le simulacre , quoiqu'elle mît son honneur à en faire la parodie. Quant à l'empire , c'est un homme unique, c'est un ordre de choses excentriques , et d'événemens exceptionnels. De tels phénomènes n'ayant pas de précédens , n'ont pas non plus de subséquence : c'est un soleil éteint.

Le contre-coup du 10 août frappe Lafayette : il voit avec douleur tomber cette fragile monarchie constitutionnelle, que le bon sens public nommait une *démocratie royale*. Il attribue sa chute aux factions, et cela était exact; mais les factions étaient dans le peuple, et l'anarchie dans l'autorité : on cherchait depuis longtemps le pouvoir égaré. Par respect même pour ses sermens, Lafayette croit devoir en saisir une portion, et il appelle son armée pour la sauver. L'armée, déjà républicaine, refuse de concourir avec son général, qu'elle croit royaliste, et qui n'était que consciencieux. Des commissaires envoyés pour interroger sa conduite, sont arrêtés comme usurpateurs. L'Assemblée devait à sa victoire de punir le général devenu factieux par excès de probité. Depuis, le même homme a mieux compris que la foudre populaire qui brise un trône, peut emporter aussi les sermens qu'on lui fit. Alors, il fut victime des siens. Proscrit par l'Assemblée, suspect à la nation, rejeté par ses soldats, il ne lui restait que la fuite. Elle lui fut fatale, et c'est où l'attendait le sort, pour épuiser sur cette tête, naguères couronnée de tant de palmes, la coupe d'amertume. Par une perfidie, que l'histoire a flétrie déjà, Lafayette tomba des griffes révolutionnaires dans les serres de l'aigle impériale d'Autriche. Durant plus de cinq ans que Guillaume de Prusse et François de Lorraine se firent les geoliers du grand citoyen, Coblentz se réjouit, et l'anarchie avec elle : il fallait deux rois pour exécuter les ordres de Marat; il fallait deux rois pour venger les Jacobins.

Le 17 août donc, accompagné de trois de ses officiers-généraux, Alexandre Lameth, Latour-Maubourg et Bureau de Puzy, il quitta l'armée, et, en peu d'heures, fut hors des frontières. Son dessein était d'atteindre le territoire neutre de la république de la Hollande qui était tout près, et, de là, de rallier le parti constitutionnel, ou de passer soit en Suisse, soit aux États-Unis, où sa famille aurait pu le rejoindre. Il ne quitta la France que lorsqu'il ne lui restait plus d'espoir; cela est certain, car, avant que son évasion fût connue à Paris, ce qui restait de l'Assemblée nationale avait, à une grande majorité, rendu contre lui un décret de haute trahison, ce qui équivalait à l'ordre de le conduire à l'échafaud.

M. de Lafayette et ses compagnons espéraient éviter les postes ennemis, mais ils n'y réussirent pas; ils furent pris dans la nuit pas une patrouille autrichienne, et bientôt après reconnus. Au lieu de les considérer comme prisonniers de guerre, seule qualité en vertu de laquelle ils avaient pu être arrêtés et détenus, on les exposa aux traitemens les plus indignes, parce qu'ils avaient été les partisans de la constitution. Après quelque temps de détention, les Autrichiens les livrèrent aux Prussiens, pensant qu'ils pourraient les garder plus commodément à cause de la proximité de leurs forteresses. Ils furent d'abord renfermés à Wesel sur le Rhin, et ensuite dans les donjons de Magdebourg. Mais, à la fin, les Prussiens se lassèrent de porter l'odieux d'une conduite aussi indigne, aussi opposée au droit des gens, envers des hommes qui commandaient le respect et les égards par leur rang, leur caractère et encore plus par la manière dont ils avaient été arrêtés. Ils les rendirent aux Autrichiens, avant de

conclure la paix , et ces derniers les transférèrent dans
le donjon le plus malsain de la citadelle d'Olmutz. Il est
difficile d'imaginer toutes les souffrances auxquelles
M. de Lafayette fut livré, dans la seule vue d'exercer
sur lui une vengeance cruelle et barbare. On l'avertit
qu'il ne verrait jamais que les quatre murs de sa prison;
qu'il ne recevrait aucune nouvelle de personne ; qu'il
ignorerait les événemens ; que son nom resterait inconnu
dans la citadelle , et que, dans tous les rapports qu'on
enverrait à la cour, sur ce qui le regardait, il serait seulement désigné par un numéro convenu ; qu'il n'enten-
drait plus parler de sa famille, ni de ses malheureux
compagnons d'infortune. En même temps , on ne lui
laissa ni couteau, ni fourchette, comme pour lui annoncer que les maux auxquels il était réservé devaient na-
turellement le porter à se donner la mort (1).

Ses souffrances furent presque au-dessus de ses forces, et, plus d'une fois, le manque d'air, l'humidité et la
saleté dégoûtante de son donjon , le mirent sur les bords
de la tombe. Sa constitution fut affaiblie par des mala-
dies long-temps ignorées de sa famille et de ses amis ; il

(1) Le principal motif de la vengeance du gouvernement autrichien fut, à n'en pas douter, l'opinion où il était que M. de Lafayette, ayant dirigé les premiers mouvemens de la révolution
française , avait par là provoqué les événemens qui conduisirent au
renversement de la monarchie , et furent cause de la mort de
l'infortunée reine Marie-Antoinette d'Autriche. M. de Lameth, à la
sollicitation de sa famille , fut mis en liberté par le gouvernement
prussien, après que les trois autres prisonniers eurent été transférés
en Autriche.

fut même, à une époque de sa captivité, réduit à une telle extrémité, que l'excès de ses souffrances fit tomber tous ses cheveux. A la même époque, ses biens en France furent confisqués, sa femme jetée en prison, et les *fayettistes* (c'est ainsi qu'on appelait les partisans de la constitution) punis de mort.

Cependant ses amis épièrent dans toute l'Europe les occasions de se procurer de ses nouvelles et de s'assurer s'il existait encore. M. le comte Lally-Tollendal, qui avait quitté la France alors couverte de sang, fut un de ceux qui firent les efforts les plus grands et les plus constans pour apprendre ce qu'il était devenu. Ce gentilhomme fit à Londres la connaissance du docteur Erick Boll-man, hanovrien, qui, immédiatement après les massacres du 10 août 1792, ayant été chargé par madame de Staël de protéger la fuite du comte de Narbonne, était venu à bout, par son adresse et par son courage, de le conduire sain et sauf en Angleterre. L'esprit entreprenant du docteur Boll-man le porta facilement à se mettre à la recherche de M. de Lafayette. Dans la première expédition qu'il fit en 1793, sur le continent, dirigée par des amis de M. de Lafayette à Londres, il apprit seulement que le gouvernement prussien s'était déterminé à remettre ce dernier entre les mains des Autrichiens, et que très-probablement il avait déjà été transféré ; mais il lui fut absolument impossible de savoir précisément où il était alors, ni même s'il vivait.

Les amis de M. de Lafayette ne se découragèrent pas. En juin 1794, ils envoyèrent de nouveau le docteur Boll-man en Allemagne pour s'assurer de son sort et , s'il vivait encore, pour favoriser son évasion. Il suivit avec beaucoup de peine la trace des prisonniers français jusqu'aux frontières de Prusse, où il fut informé que l'escorte autrichienne à laquelle ils avaient été remis, avait pris la route d'Olmutz, place forte de la Moravie, à cent cinquante milles au nord de Vienne, et sur les limites de la Silésie. A Olmutz, il apprit que plusieurs prisonniers d'état étaient détenus dans la citadelle, avec les mêmes précautions et le même mystère, observés autrefois à l'égard du Masque de fer. Il ne douta plus que M. de Lafayette ne fût du nombre, et il fut confirmé dans cette opinion par le chirurgien du poste, dont il avait fait la connaissance comme confrère. A l'aide d'un moyen très-ingénieux, le docteur Boll-man se servit du chirurgien, sans que celui-ci s'en doutât, pour faire connaître ses projets à M. de Lafayette et en obtenir une réponse. Enfin, après un délai de quelques mois, pendant lequel le docteur Boll-man avait fait un long voyage à Vienne pour éloigner tous les soupçons, il fut convenu que l'on choisirait, pour tenter la délivrance du général, l'une des promenades qu'on lui faisait faire régulièrement à cause du délabrement de sa santé.

Aussitôt que ce plan fut arrêté, le docteur Boll-man retourna à Vienne et le communiqua à un jeune américain appelé Francis K. Huger, qui se trouvait accidentellement en Autriche; il était fils d'une personne chez laquelle M. de Lafayette avait d'abord été reçu à son arrivée en Amérique, près Charlestown. Ce jeune homme qui avait des talens peu communs et une résolution héroïque, entra dans tous les projets que lui soumet-

tait le docteur Boll-man, et se dévoua entièrement à
leur exécution. Eux seuls sur le continent, avec M. de
Lafayette, avaient connaissance de leur détermination.
Une chose seulement les gênait, c'est que, n'ayant jamais vu ce dernier, ils ne le connaissaient ni l'un ni
l'autre. Ils convinrent donc avec lui, à leur arrivée à
Olmutz, dans le mois de novembre suivant, que, pour
éviter toute méprise au moment de l'exécution, chacun d'eux tirerait son chapeau et s'essuierait le front en
signe de reconnaissance. Alors le docteur Boll-man et
M. Huger s'assurèrent du jour où devait sortir M. de
Lafayette, et envoyèrent leur voiture, en avant à Hoff, à
vingt-cinq milles environ sur la route qu'ils voulaient
prendre, avec l'ordre de la tenir prête à une heure
fixée. Ils se décident à tenter à cheval la délivrance du
général, ne mettent point de balles dans leurs pistolets,
et ne prennent point d'autres armes, pensant qu'il n'é-
tait pas permis de commettre un meurtre, même pour
accomplir un si beau dessein.

Informés qu'une voiture dans laquelle sont un prisonnier et un officier, avec un soldat derrière, vient de
passer la porte de la forteresse, et persuadés que ce
prisonnier ne peut être que M. de Lafayette, ils montent à cheval, la suivent, la dépassent, et ralentissant
alors leur marche, pour la laisser passer de nouveau
devant eux, ils échangent avec le prisonnier le signal
convenu. A deux ou trois milles de la ville, la voiture
quitte la grand'route, et s'étant arrêtée dans un chemin
moins fréquenté, au milieu d'un pays découvert, M. de
Lafayette descend pour prendre un peu d'exercice, gardé

seulement par l'officier qui l'avait accompagné. Ce moment est évidemment le plus favorable : les deux amis le saisissent ; ils arrivent tout à coup, et après une faible résistance de la part de l'officier, que son soldat avait abandonné pour porter l'alarme à la citadelle, ils délivrent le prisonnier. Mais, par un contre-temps fâcheux, l'un des chevaux s'est échappé pendant la lutte, il n'en reste plus qu'un pour effectuer leur fuite ; aussitôt M. de Lafayette le monte, et M. Huger lui dit en anglais d'aller à Hoff. M. de Lafayette a mal entendu, il croit qu'on lui dit en anglais *go off*, c'est-à-dire *partez* ; il attend un moment pour voir s'il peut leur être utile ; il s'éloigne, puis revient encore pour demander s'ils ont besoin de lui, enfin pressé par ses amis il part au petit galop.

Le cheval qui s'était échappé est bientôt repris ; le docteur Boll-man et M. Huger montent dessus pour suivre et aider M. de Lafayette ; mais il ne veut pas marcher, il se cabre, les jette à terre, et les laisse pendant un moment tout étourdis de leur chute (1). Après l'avoir encore une fois rattapé, M. Boll-man le monte seul, M. Huger pensant qu'il ne pourrait être aussi utile à M. de Lafayette que le docteur, puisqu'il ne connaissait que très-imparfaitement la langue allemande. Tous ces accidens firent échouer leur entreprise. M. Huger, qui ne pouvait plus se sauver qu'à pied, fut bientôt arrêté par des paysans qui avaient vu tout ce qui s'était passé. Le docteur Boll-man arriva facilement à

(1) Ce cheval était destiné à M. de Lafayette. L'autre, qu'il fut obligé de monter, avait été choisi exprès pour porter deux personnes.

Hoff; mais n'y trouvant pas M. de Lafayette, il conti-
nua lentement sa route vers la frontière, et à l'entrée de
la nuit il fut arrêté et livré aux Autrichiens. Enfin M. de
Lafayette ayant pris une autre route que celle d'Hoff, la
suivit aussi loin que son cheval put aller, et fut aussi
arrêté comme suspect dans le village de Jegersdorff;
on le garda jusqu'à ce que, deux jours après, il fut
reconnu par un officier d'Olmutz. Ramenés tous les
deux à la citadelle, ils furent enfermés séparément, sans
qu'on leur permît seulement de savoir la moindre chose
sur le sort de chacun d'eux. M. Huger fut enchaîné à
terre dans un cachot voûté, de huit pieds de hauteur,
sans lumière, et n'ayant que du pain et de l'eau pour
toute nourriture; de six heures en six heures, jour et
nuit, la garde venait avec une lampe visiter chaque
pierre de son cachot, et chaque anneau de sa chaîne.
Quelques pressantes que fussent ses questions sur le sort
du docteur Boll-man et sur le résultat de l'évasion du
général, il n'obtint aucune réponse; lorsque même il
supplia qu'on lui permît d'envoyer à sa mère, en Amérique, ces seuls mots : « je vis », avec sa signature au
bas, il reçut le refus le plus dur. On traita donc d'a-
bord le docteur Boll-man et M. Huger avec une rigueur
atroce, mais bientôt on se relâcha. Les prisonniers furent
rapprochés et purent communiquer; leur procès qui
avait à Vienne toute l'importance d'une conspiration
vaste et alarmante, fut commencé avec toutes les len-
teurs et les formalités minutieuses de ce gouvernement
ombrageux. Il ne serait pas difficile de conjecturer comment eût tourné ce procès, s'ils avaient été abandonnés

entièrement ; mais dans ce moment critique , ils furent
secrètement protégés par le comte Metrowsky , gentilhomme qui demeurait près de leur prison , que ni l'un
ni l'autre n'avaient jamais vu , et qui s'intéressait à eux
seulement à cause de ce qui constituait leur crime aux
yeux des Autrichiens. On peut sans peine imaginer par
quels moyens il influença le tribunal qui les jugeait ;
car ils eurent un si grand succès , que les deux prisonniers , après avoir été détenus pendant huit mois que
dura le procès , furent seulement condamnés à une peine
de quinze jours d'emprisonnement, et ensuite mis en
liberté. Quelques heures s'étaient à peine écoulées depuis
leur départ d'Olmutz, lorsqu'il arriva de Vienne un ordre d'instruire un nouveau procès , sous la direction
des ministres , lequel aurait eu certainement une tout
autre issue que celui qui avait été ménagé par le comte
Metrowski ; mais les prisonniers avaient déjà dépassé les
limites du territoire autrichien.

Pendant ce temps, M. de Lafayette était condamné à
d'affreuses souffrances , sans espoir de les voir finir autrement que par la mort. Dans l'hiver de 1794 à 95 , il
fut réduit à la dernière extrémité par une fièvre vio-
lente , et toujours privé des choses les plus nécessaires :
d'air , d'une bonne nourriture et de vêtemens convena-
bles. Pour augmenter ses maux , on lui fit croire qu'il
était destiné à une exécution publique , et que ceux qui
avaient tenté sa délivrance , avec un si beau dévouement ,
devaient périr sur un échafaud dressé devant ses fenê-
tres ; en même temps , on ne lui permit pas de savoir si
sa famille existait encore , ou si elle avait succombé

sous la hache de la révolution , dont il avait appris les ravages effrayans pendant le peu de jours qu'il avait été en liberté.

Cependant madame de Lafayette était plus près de lui qu'il n'avait lieu de le penser. Elle était sortie de prison où elle avait été aussi sur le point de périr (¹) ; et après avoir recouvré assez de forces pour exécuter le dessein qu'elle avait en vue , et confié , pour plus de sûreté, son fils aîné aux soins du général Washington, elle était partie pour l'Allemagne, avec ses deux filles, toutes trois déguisées et munies de passeports américains. Débarquées à Altona , elles s'étaient rendues de suite à Vienne ; avaient obtenu une audience de l'empereur qui leur avait refusé la liberté de M. de Lafayette, mais qui , probablement , contre l'intention de ses ministres , leur avait cependant permis de le rejoindre dans sa prison. Elles se rendirent donc de suite à Olmutz ; avant d'entrer dans la forteresse, on leur enleva tout ce qu'elles avaient apporté pour adoucir la misère du prisonnier, et on les prévint que si elles passaient une fois le seuil de la porte, elles n'en sortiraient jamais. Madame de Lafayette voyant bientôt sa santé ruinée par les souffrances et les privations sans nombre qui minaient sa santé , écrit à Vienne pour demander la permission d'aller passer un mois dans cette ville afin d'y jouir d'un air plus pur et de se procurer les secours de la médecine.

(¹) Sa grand'mère, la duchesse de Noailles, sa mère, la duchesse d'Ayen, et sa sœur, la comtesse de Noailles , avaient toutes péri, le même jour, sur l'échafaud , et pareil sort attendait madame de Lafayette, si la mort de Robespierre ne l'avait pas sauvée.

Deux mois après seulement, on lui répondit que rien ne s'opposait à ce qu'elle quittât son mari, mais que dans le cas où elle le ferait, il ne lui serait plus permis de revenir auprès de lui. Aussitôt, elle déclara formellement sa détermination « de partager pour toujours la captivité de son mari. » Madame de Staël a fort bien observé à ce sujet, dans l'histoire de la révolution française, que « l'antiquité n'offre rien de plus admirable que la conduite du général de Lafayette, de sa femme et de ses filles dans la prison d'Olmutz. »

Une nouvelle tentative pour obtenir l'élargissement du général, fut faite dans le lieu et par les moyens que les circonstances semblaient avoir indiqués. Lorsque l'empereur d'Autriche refusa à madame de Lafayette la liberté de son mari, il lui dit « qu'il avait les mains liées. » Cette réponse de l'empereur n'était certainement motivée ni sur les lois, ni sur la constitution de son empire ; il ne pouvait donc avoir les mains liées que par quelque engagement avec les alliés dans la guerre contre la France. L'Angleterre étant une des puissances alliées, le général Fitz-Patrick proposa dans la chambre des communes, de faire une enquête à cet égard, et il fut appuyé par le colonel Tarleton qui avait combattu contre M. de Lafayette dans la Virginie. Plus tard, le 16 décembre 1796, le général Fitz-Patrick renouvela sa proposition plus solennellement, et fut également appuyé par Wilberforce, par Sheridan et par Fox dans un de ses discours les plus éloquens et les plus énergiques ; mais la motion fut encore rejetée. Il en était résulté, cependant, qu'une discussion solennelle et véhémente, relative à l'emprisonnement de M. de Lafayette, avait eu lieu à la face de l'Europe, et que cette discussion, dans laquelle l'empereur d'Autriche n'avait point trouvé d'apologiste, avait mis au jour, de la manière la plus authentique, les souffrances et les traitemens auxquels il était en butte.

Lors donc que le général Clarke fut envoyé de Paris pour rejoindre Bonaparte en Italie, et négocier la paix avec les Autrichiens, on comprit qu'il avait reçu du directoire l'ordre de stipuler la délivrance des prisonniers d'Olmutz; car il était impossible de penser que la France laissât outrager ainsi les droits des citoyens, en ne s'opposant point à ce qu'on prolongeât davantage leur captivité. A l'ouverture des négociations, l'Autriche essaya d'engager M. de Lafayette à recevoir sa liberté *sous certaines conditions;* mais il refusa nettement, et avec une fermeté qu'on ne pouvait guère attendre après tant de souffrances. Il déclara, dans un document publié depuis à différentes époques, qu'il n'accepterait jamais sa liberté à des conditions qui pourraient compromettre ses devoirs comme Français ou comme citoyen américain. Bonaparte a souvent dit que, de toutes les difficultés qui entravèrent la négociation avec la coalition, la plus grande avait été la délivrance de M. de Lafayette. Cependant il fut mis en liberté, lui et sa famille, le 25 août 1797. Madame de Lafayette et ses deux filles avaient été détenues vingt-deux mois, et M. de Lafayette cinq années, pendant lesquelles il fut en butte à tous les effets d'une cruauté et d'une vengeance dont, nous sommes persuadés, l'histoire moderne offre très-peu d'exemples (¹). La France était encore trop peu tranquille pour offrir à M. de Lafayette et à sa famille un asile sûr et paisible. Ils allèrent d'abord à Hambourg, et de là, après avoir fait reconnaître formellement leurs droits, comme Français et comme citoyens américains, ils se retirèrent sur le territoire neutre du Holstein, où ils vécurent près d'un an, dans la solitude et la tranquillité. Leur fils quitta la famille du général Washington, et vint les rejoindre dans ce pays ; ce fut là qu'ils marièrent leur fille aînée à M. Latour-Maubourg, frère de celui qui avait partagé la captivité de M. de Lafayette ; ce fut là aussi qu'il

(¹) Madame de Lafayette ne se rétablit jamais entièrement : sa santé avait été ruinée par les souffrances ; et quoiqu'elle survécût encore dix ans, elle ne put retrouver la santé qu'elle avait en entrant dans le donjon d'Olmutz. Elle mourut à Lagrange, en décembre 1807.

Pendant la captivité de M. de Lafayette, notre gouvernement avait mis en usage tous les moyens qu'il avait en son pouvoir pour obtenir sa liberté. Les ministres américains, près les cours d'Europe, furent chargés d'employer tout leur crédit et tous leurs efforts à cet objet ; et, lorsque Washington vit qu'on ne devait espérer aucun succès par cette voie, il écrivit lui-même une lettre à l'empereur d'Autriche, dans laquelle il intercédait pour M. de Lafayette, l'un des premiers amis de la liberté américaine. Nous rapportons cette lettre ici, parce qu'elle fait honneur aux sentimens et au caractère de Washington, et que ces sentimens étaient aussi ceux de la nation entière :

« Votre majesté reconnaîtra aisément qu'il est quelquefois des circonstances où des considérations politiques obligent le chef d'une nation à garder le silence, et à rester passif à l'égard même des choses qui affectent sa sensibilité, et qui réclament son intervention comme homme. Me trouvant précisément dans le même cas,

commença à se livrer avec passion à l'étude et à l'agriculture, qui firent depuis sa principale occupation et le
bonheur de sa vie. Cependant il se rendit à l'invitation
pressante de la république batave, et quitta le Holstein
pour passer quelques mois à Utrecht en Hollande, où il
fut reçu avec une bienveillante distinction; il avait
l'avantage d'être plus près de sa patrie. Tandis qu'il vivait ainsi heureux et paisible, mais les yeux toujours
fixés sur ce qui se passait en France, survint la révolution du 18 brumaire (10 septembre 1799), qui semblait
ramener pour quelque temps l'ordre et la tranquillité,

j'ose cependant prendre la liberté d'écrire à votre majesté, persuadé
que mes motifs me serviront d'excuse.

« Conjointement avec le peuple américain, je conserve un sou-
venir profond des services rendus à notre pays par le marquis de
Lafayette, et mon amitié pour lui a toujours été constante et sin-
cère. Il est donc naturel que je ressente ses souffrances et celles de
sa famille, et que je m'efforce d'alléger ses malheurs, dont sa captivité n'est pas le moins accablant.

« J'évite de m'étendre sur ce sujet délicat. Qu'il me soit seulement permis de soumettre à l'opinion de votre majesté, si son
long emprisonnement, la confiscation de ses biens, l'indigence et
la dispersion de sa famille, et la pénible anxiété attachée à toutes
ces circonstances, ne forment pas un concours suffisant de souffrances pour le recommander à l'humanité. Souffrez, sire, que,
dans cette occasion, je sois son organe pour vous supplier de per-
mettre qu'il vienne dans ce pays, sous telles conditions que votre
majesté jugera convenable de lui imposer.

« Comme j'ai pour principe de ne jamais demander que ce qu'en
pareille occasion j'accorderais moi-même, j'ose espérer que votre
majesté me rendra la justice de croire que cette demande me semble
d'accord avec ces grands principes de magnanimité et de sagesse,
qui forment la base de toute saine politique et de toute gloire durable.

                    « WASHINGTON. »

et asseoir le gouvernement sur une base plus solide.
Aussitôt, M. de Lafayette rentra en France, et alla se
fixer à Lagrange, ancien et beau château, d'un revenu
modique, situé à environ quinze lieues de Paris (1).

Là, parmi les jouissances de la famille, si bien faites
pour l'âme de Lafayette, se développèrent dans lui
avec le goût très-réfléchi de l'agriculture et, comme dit
Olivier de Serres, *du ménage des champs*, toutes les
connaissances pratiques qui le font prospérer. Tandis
qu'un bras plus vigoureux qu'adroit, jetait dans le sol
tourmenté de la France, les bases d'un empire prédes-
tiné à être si grand et si court, Lafayette, au milieu de
ses sillons et de ses bergeries, retraçait Cincinnatus con-
duisant une charrue couronnée de lauriers, ou mieux
encore Washington, retiré des affaires actives, mais veil-
lant toujours, de sa retraite de Mount-Wernon, à la
prospérité de son pays.

Ainsi, du château de Lagrange, le patriarche Lafayette n'oubliait pas l'honneur du sien. L'honneur de
la France consiste pour lui, dans la conquête de la liberté, dans les garanties données à l'indépendance, dans
leur consolidation, par le maintien de l'ordre. Ce beau
problême politique de l'union de l'ordre et de la liberté,
Lafayette en a fait son objet, son amour pendant la plus
laborieuse, la plus pure carrière; ce problême, que
l'antiquité n'a pu résoudre sans l'esclavage, que l'An-

(1) *Mémoires sur Lafayette*, par Regnault-Warin. *Histoire du
même général*. Notice sur le même. Biographie héroïque, article
Lafayette. Biographies de Bruxelles, de Michaud, de MM. Jouy,
Jay, Norvins, etc.

gleterre cherche depuis cent cinquante ans, que l'Amérique, la sage Amérique elle-même, n'a partiellement résolu qu'au moyen du commerce; ce problême, qui rencontre en France, dans des siècles d'antécédens ennemis, une épaisse phalange d'obstacles, Napoléon, trop certain de ne pouvoir le vaincre, se l'appropria, en le décomposant. Porté au pouvoir par la légitimité du génie, il créa l'ordre, parce qu'il avait trouvé le chaos; et pour balancer la suppression de quelques libertés politiques, il donna, comme il le disait lui-même à Benjamin-Constant, *de la liberté civile à pleines mains.* Lafayette se retira devant un pouvoir fondateur, mais nécessairement despote; et il usa de la sécurité que lui donnait ce pouvoir, pour lui refuser tout concours. L'exemple de Carnot, de Lanjuinais, de Grégoire, de Tracy, ne put fléchir la sévère opposition du laboureur de Lagrange. Peut-être eût-elle été plus efficace dans le sénat.

La chute du colosse, la ruine de l'empire, rappellent Lafayette sur la scène politique. Le retour des Bourbons, et avec eux et par eux toutes les humiliantes erreurs qui avaient justifié la révolution de 1789, fomentent et nécessitent une nouvelle opposition. Comme citoyen, comme député, Lafayette se place au milieu. D'énormes fautes ramènent l'*Homme* que les siennes, complices des rois, avaient jeté sur les roches de l'île d'Elbe. Il en arrive cette fois, avec la puissance nationale, et disposé enfin à fonder nos libertés. Que trouve-t-il? L'opposition qui venait de balayer les Bourbons, se hérisse contre lui. Au lieu de secours, il trouve des obstacles. Dans sa confiance magnanime, il convoque à soi les mandataires libres, nombreux, légitimes du grand peuple. Une constitution, que l'opposition, par son principal organe (Benjamin-Constant), avait écrite, est flétrie en son berceau, comme illibérale. Napoléon court à Waterloo, la mort dans l'âme, et vient y chercher la mort. D'autres ennemis accueillent par la proscription, celui que leur mission était de secourir et de sauver. Lafayette, relevant contre lui la lance du drapeau, que pourtant l'empereur avait orné de tant de palmes, le dénonce comme l'ennemi de l'état, comme prêt à dévorer sa représentation... Que n'a-t-il réalisé ce dont la peur l'accusait! sa dictature eût épargné au pays quinze ans d'opprobres, à l'opposition quinze ans *de comédie...*

Grâces à *cette populace*, qui raisonne mal et sent si bien, cette comédie vient de se dénouer. Mais, terminée par le peuple, c'est l'opposition qui en a profité. Dans son héroïque crédulité, Lafayette, dépositaire un instant des pouvoirs et des intérêts de la France, n'en a disposé *que par une transaction.* On la connaît : on en écrit le journal quotidien ; on en prépare les mémoires ; la postérité viendra, qui en demandera, qui en jugera l'histoire. Cette transaction était-elle nécessaire, indispensable? Il y aura réponse à cette question. En l'attendant, Lafayette, chef d'une opposition perpétuelle, a repris son rôle ancien dans une *comédie* nouvelle : il combat son propre ouvrage!... Puisqu'il le combat, il s'y croit engagé par sa conscience ; et la conscience de Lafayette est à la fois celle d'un homme d'état, et celle d'un homme de bien.